JN146174

虚の声
江口慶一郎
櫂歌書房

表紙・扉絵

櫻井共和

序詩　風の花嫁

颪の花嫁

空駈けるのは
晴れの日の寂寥を凍らせて
颪の花嫁
水銀色した目で
蒼穹の果てを見つめながら

決して訪れない夜を越えて
凛烈の耳を震わせる
その繊毛の襞の底で

序詩　風の花嫁

束の間の狂気を燃え立たせんと
その肢体に
全緑野の朝露を吸い上げて
さらに天翔ける
隣光放つ
青き大伽藍を

光芒のたびに
地の罪すべからくが
気化される
逝った者たちの声に招かれ
銀河へと加速する花嫁

目次

目　次

第一章　言葉と声

序　論

言葉は世界の中にあって、世界についてのあらゆる観念、思惟、感情、知覚、総じて所産的現象を指示しながら同時にその指示自体をも否定的に問うてゆくのだが、そこにおいて言葉は自らの表出が対象と化してゆくことを徹底的に忌避しようとする。言葉が世界の中の何物かであること、表出が世界の中のどこかの点を志向することを可能なかぎり回避しようとする。言葉は世界の中にあって、世界を見つめながらも、そこから出てゆこうとする。自身が世界なしにはありえず、表出のたびに世界を掻きとり、時として世界を匂い立たせることとすらあるのに、いや、世界の奥深くを突き上げることさえあるのに、それでも世界を拒否し世界を語る己を嫌悪する。まるで言葉自身が世界を汚し、世界を暗澹たる血で染めているかのように。

言葉は己れが世界を開くということを知っている。が、一方で闇へと閉じることも知っている。己《おの》が世界の時間と空間を担いうるということへの自負をもっている。しかし、他方では担うことが虚偽であるという痛覚にもさらされている。むろんその痛覚を踏まえながら世界をより澄明に語ろうと意思することは可能だし、実際その含羞に裏打ちされた表現に出会うこともある。それでも言葉はいつも世界を語ろうとし、世界と鋭く相渉ろうとする。世界隈なくを探索しようとする。その全行程を歩き尽くした後には世界があらたに立ち上がるとでもいうように。

言葉は自分がいつも世界を不透明にしか認知しえず誤謬を重ねて

いることに気づいてもいるから、それを乗り越えようと明晰で精密な自分へとその身を削ってゆくが、削り上げ、削ぎ落とす作業も自己をもってするほかはなく、しかもその作業がまた不純物を生み錯誤に陥らないという保証はないため、虚空に一本だけ延ばされた綱の上を渡ってゆくような不安、いや不安以上の恐怖に曝されている。

そう、言葉は常に恐れている。世界を刺したつもりが逆に血を垂らしているのは自分の方ではないのか、世界を掘削しえたはずなのに深く穿たれてしまったのは自分の方ではないのかと。

そして世界を前にしてじっと立ち尽くしてしまう。世界の前で眼を閉じてしまい、何事も語らないことこそかえって世界を見通せるのではないかと。

だが傷を恐れての退行は、反対に言葉を根源から腐蝕させてゆくことになる。というのは、言葉の根源は世界の中にありながら同時にその世界に対する違和という二重性、世界を表出しながらその表出への懐疑と反措定という矛盾の中にあるからで、この矛盾を引き受けなければ、そしてこの矛盾に応答しなければ言葉は自らを否定するしかない。受苦としての矛盾を生きなければ言葉はこの世界のどこにも居場所を持つことはできない。たとえ言葉が自分を捨て去りえるとしても（そんなことは不可能だが）、だから世界から後退してしまったとしても、それでも世界だけは残る。だが世界は言葉で満ちている。というのも世界は言葉の中にしかないからだ。それゆえ言葉からの後退とは世界からの後退ということであり、もっと言えば人間が世界の中にあって世界と共に生きることを止める、つまり人間であることを捨てるということだ。それは動物として死ぬということだ。人間が人間として死ぬということは言葉を持った存在として死ぬということであるが、言うまでもなく沈黙はそれに当たらない。沈黙とは深く湛えられた言葉、表出の手前で逡巡し悶え震えている言葉、発現を待ち続けている言葉だからだ。沈黙の中でこそ世界は凝縮されている。そこにおいてこそ世界は裸出している。ひょっとしたら沈黙においてこそ人間はわずかに己れの形而上性に触れ得るのかもしれぬ。

言葉を生きる限り人間は自分をも世界をも捨て去ることはできない。とすれば、言葉とはたんなる道具以上の何か、それなくしては片時も自己の同一性を維持できなくなってしまう意味へと向けられた声、意味を乗せる価値の溶媒である。ここで同一性を維持するというのは社会の中で自己の安定したポジションにつくというようなことではもちろんなく、また時間の連続の中での統合的自我の確認というようなことでもなく、ひたすらに問うこと、その問を世界において根拠化すること、根拠価値の底辺を示すこと、さらにその価値を疑義に曝しながら検証してゆく過程を背負い続けること、言葉の以上のような関係の中を生きることである。従って、同一性と言ってもそれは絶えず裂けており、裂け目を修復しながらも修復自体は揺らぎの中にあり、揺らぎながらもそのたびごとに統覚は架橋として延ばされて行く。橋柱は深く沈み込んでゆく。架橋は高くあればあるほど世界を俯瞰し得るし、橋柱の深さは世界の根っこへと迫って行くことになる。しかし一方において、架橋し根を穿ち続けてゆくためには言葉の語り手・書き手はある絶対的なものへと投身してゆかねばならない。祈りにも似た放下《ほうげ》とその中で見開かれた不動の眼《まなこ》とが要請される。投身と放下という墜落の果てには言葉は絶対の底辺、深淵に触れ得るかもしれない。その絶対とは空間的には形而上的眩暈であるにちがいないし、時間的には記憶の最深部であるにちがいない。

言葉は記憶の中でその記憶を生きているし、その記憶からの呼びかけの中に常にある。言葉は自らの遡及的回帰とそこからの反照なしにはありえないのだ。たった一つの物を指示するだけでもその名と指示の仕方には記憶の声なしには不可能であって、たとえその名の命名は偶然であったかもしれなくとも、偶然は何度となく洗われ磨かれることによってその名を必然の香り高いものとするし、また指示における関係性にしても指示する側の認識の深化をともなってゆくから名の必然性はより細緻さを加えてゆき、名の分化や新たなる派生を産んでゆく。必然の香り、認識の深化、そして細緻さ、これらはとても構造としてのラングの析出によっては届き得ないことであろう。むろんパロールを追うことによっても。というのも、記憶なしには香りも細緻さもありえないのであるから。記憶としての言葉に分け入ることは言語学をもってしてはとてもなし得ることではない。

名においてすらそうなのだ。況や観念において、意味において、価値の滞留においてをやだ。例えば死の観念では、もし人間が動物として無意味に死んでゆくのでない限り必ずや一定の意味ある死、一定の価値に貫通された死を死ぬほかはないわけだが、その際の意味や価値は死の観念の記憶なしには、あるいは記憶としてある言葉の自らへの回顧なしには不可能であろう。

私の死は決して私の死ではない、私だけの死ではないのだ。死の死、記憶としての死の死なのだ。その時、死の彼方から、すなわち記憶の最深部から時間の純白の姿が、換言すれば死が包摂して透かす生の原像のようなものが浮かび上がって来る。人は記憶の底へと投身するのだ。投身して己れを裸出させ、その裸出にカッと瞳を開く。

そこには世界が隈なく映し出されていて。

　記憶をまるごと甦らせ、世界を全円的に映しとることは果たして可能か？

　言葉が記憶の中にあり、その記憶が言葉の発出点すなわち死の湧出する泉の音を聴き取ったその時、言葉は時間を裂き、時間の底へもぐりこみ、時間の上を旋回して全記憶を立ち上がらせる、立ち上がらせようとする。この記憶はただ一人の人間のそれを意味しているのではなく、その人間が他者と共に他者の中で生きた記憶、他者を冒し他者に冒された記憶、他者による否定や自己断念を突きつけられた体験とその黒い磁力、自らが属する幾つもの集団への怨念とそこからの跳躍あるいは跳躍への祈念、要するに他者との無数の関係性からなっている。むしろ〈わたし〉が記憶を所有しているのではなく記憶の方が〈わたし〉を支え、包み込んでいると言うべきか。

その中にあって初めて〈わたし〉は自身にも必然の香りを感じ取り得るのだ。おそらく記憶の果てのそのまた果てまでは辿ることはできないであろう。が、大切なのは記憶の深奥点を究めることにあるのではなく、絶えずそこへと呼びかけること、そしてそこからの反響に耳を傾けることであろう。

〈わたし〉なる存在は相対の小さな華、偶然の上に被せられた一つの名である。滅びゆくのは自明、沈黙の言葉を紡ぎ続けねばならぬ華、意志と祈念の華である。さすれば記憶の深みからの声にただ耳を浸せ。

第二章　世界の外へ

アルトー　ベケット　カフカ

一、世界の裸顔

起念として言葉が誕生したとき、同時に言葉は透明に発《た》ち上がってくる世界を見た。第一人称の誕生は、初めてその透明な皮膚を露わにした世界への戦慄に外ならず、それは決して対他的な「ワタシ」(＝私)の成立ではない。ただここで「第一人称」という観念と況してやその「誕生」という表現を使うことは、既に露頂それ自体からの離陸と、他の人称への予知を孕んでしまうので、かの戦慄の中にあるのは人称以前の世界と言った方がより精確である。非人称、つまり言語秩序のとば口である人称以前の身体の処女性を映し出しており、その全感覚は未だ時空間をは触知していない。そこでは、視覚は世界の反照に曝されてはいるものの拡がりや距離とは無縁であり、聴覚は時間を編むリズムとしてではなく立ち上がってくる世界の透明な声の谺を聴き、触覚は瑞々しい世界の肢体に触れて顫《ふるえ》ている。どんな対象や現象をも同定されてはない。

緑連なる森や田園、山容に水辺、そして空の半顔、それらは一挙に塊《マッス》として誕生したのであって、決して無数の関係と調和のゲシュタルトから成っているわけではない。風景は視野において拡がっているのではなく、塊《マッス》として発ちさわいでいるのだ。空間の標徴である距離も方向も位置もない。あらゆる点と線と面がない。それ故部分や要素、むろん全体も。眼と空間が世界を貫く形式なのではない。塊《マッス》としての世界こそ眼に侵される前の処女身体なのだから。

1．眼に侵される前の身体、すなわち処女身体とは、眼によって擬《なぞら》れ縁取られた身体でもその構造的連関と機能およびその損傷からなる医学的身体でもなければ、また無数の大小の装置とその交通からなる空間の中での身体でも、多くの身体からなる全体の中の一部といった原始的身体でもない。さらにはまた死への先駆性へ曝されて絶えず死につつある器官、組織、細胞、神経網からなる身体、つまり時間そのものの喪失に向かっての時間の進行と累積というパラドキシカルな空間、もっと言えば時間の終わりという非時間性を取り込みながらその取り込み過程としての時間を運ぶ空間、時間の死を刻むための時間、それが反復強迫される空間でもない。

身体は生命を維持しかつ死へと向かいながら開かれ、まさにその死および死後においても解剖学的空間として開かれるのであって、それはまた生命と死が同一平面において語られる言語（記号）空間に外ならない。すなわち、ここで身体は言語という眼に侵されずには成り立たない。頂度、言語による或る事物への命名が指示と意味作用、さらには表出作用までを孕んでしまうように、身体もまたこれらの作用によって構成された空間なのである。

といって、この言語空間、構成された記号空間としての身体の基底に絶えず動いて止まない生《なま》の根源的身体とでも言われるべきものが在るのでもない。仮にそれがあったとしてもやはり記号へと、記号回路としての身体へと回収されるであろう。否定神学的に措定される純粋身体なるものは、言語（記号）空間という前提なしには想定されない以上、この空間の外縁部にしか過ぎない。

2. 他方、処女身体は、世界の手前ないし彼方に在る身体ではない。処女身体は今までも、現在も、これからも常に世界と共に、また世界の中に在る身体であるが、ここで言う世界とは言語（記号）

を語り出そうとしつつもその当の言語（記号）ではなく、やがてそれが名《な》や指示や意味の秩序として映し出されることになる空虚なる鏡である。つまり、処女身体において世界は少しも言語秩序とは係わらない。その秩序の外の空虚の輝きなのである。

けれど、この事は言語秩序の外に世界が在って、その空虚が言語空間を囲繞しているということではない。また、世界が言語秩序とは係わっていないという事は、世界から言語が語りだされるということを否定するものではない。何故なら、世界はその空虚においてこそ言語へと反響されるのであるから。空虚である事の反響、それこそ世界に外ならない。世界は充全なる空虚として空虚なままに反響しているのであり、その共鳴器が処女身体なのである。

しかし、世界が充全なる空虚なままに反響しているというのは、世界が虚無に侵犯されているとか、死に貫通されているということではない。と言うのも、世界は空虚ではあっても充全なのであるから決して虚無ではないし、死は生命の言語（記号）空間の換喩でしかないからだ。世界はその充全性ゆえに決して虚無を滲ませることは出来ないし、どこかで死の接線と触れることもない。死はその時間の腐蝕の相においてしか有り得ないが、他方充全たる世界はと言うと、時間の起源でもなければその織物でももちろんない非時間、時間を超越した非時間ではなく、況してや無限に延長された時間としての非時間でもなく、反対に毀《こぼ》たれることのない瞬間としての非時間である。それは反響する空虚の瞬間である。

世界が発ち現れ発ち上がるときの巨大な空虚の開き（まるで蒼穹を背に立つ五月の朝の冷気のような、発ち上がってくる空虚に浴する世界の裸眼、さらには語られ出でんとしているその裸眼の鮮烈さゆえの無効性の煌めき）、要するに充全たるこの非時間においても世界は常に裸眼を露わにしつつ、同時に裸眼であるがゆえに空虚に抱きとめられてしまう。そこに処女身体はある。

二、処女身体

処女身体としての世界はまるで声のようにして言葉を語り出だす。声のようにしてと言うのは、それが発ち現れながらすぐに消えかかり、消失に侵されながら薄明に鋭い叫びを発するからだ。その言葉は決して空間と時間へとは、だから指示や意味やそれらの担い手の成立へとは転位されない。従って、その語り出だされる言葉は言語ではない。言語、それは冷えて落ちてしまった世界を命名し、指示し、意味し、それらと同時に言語主体を導き入れ設定するが、声のようにして語り出だされる言葉（声 - 言葉）は世界を自らの反響体としており、そこで世界は充全なる空虚の熾火《おきび》に照らされている。

1．言語と声‐言葉とは区別されなければならない。言語は世界を凍らせ世界はその言語秩序の中に写《うつ》し取られるのに対し、それ故充全なる空虚を拒否しているのに対し、声‐言葉の方は何ものも命名も指示も意味もしない。言い換えればどんな対象や観念をも写すことはない。それは定義も説明も解釈もされない。そもそもそうされるべき何かが在るわけではない。定義され説明され解釈されることになる何かを可能にするもの、それが声‐言葉による世界の現れ出で‐語り出ででであって、この意味において、つまり言語と声‐言葉との明らかな違いにおいて、前者が提示する世界と後者が語り出だす世界との間にも違いがある。言語秩序の中に掬い取られた世界、指示や意味によって説明され解釈された世界は、その作業自体もさらに言語によって重ねられ反復されていくことになるので、言語による言語の終わりなき過程を反復して行く以外になく、その上その反復もまた言語でもって指示し解釈されることになるという遡行しながらの前進、指示や意味の再編と解釈の再解釈やメタ解釈の無限過程に捕われている。要するに無数の世界があって、それもその時々に真実を装うことになる。

他方、声 - 言葉によって現れ出でる世界は、充全なる空虚を吸い上げながら瞬間の語り出でを聳《そそ》り立たせている世界、聳り立つときの反響に充ちた世界である。まるで世界の生誕そのものにも似たその瞬間には何もかもが、分離や分節以前の全的照り返しの中にある。そしてそれは同時に空虚の充全性でもある。その充全性の手前には「無」や「死」はない。と言うのも、「無」はそれが指された時すでに「無」という「有」になっているから、つまりすでに意味に捕われてしまっているからであり、また「死」ではないのは「死」は生の言語空間においてしか有り得ないからである。それに空虚の充全性の手前ということ自体がそもそも未だ空間的および時間的根源なるものの観念に捕われた視線によっており、この視線は身体を侵している、だからまた世界を侵している言語の眼でしかない。充全なる空虚を吸い上げている世界、声－言葉の反響に充ちている世界は、何ものをも侵さないし、侵されることもない。時間を繰り出す事もないし空間へと反射されることもない。時間や空間は言語秩序と常に伴走しているのであって、充全なる空虚が吸い上げられた瞬間からそれらが毀《こぼ》れ落ちることはない。

2．もちろん、声－言葉の中にある処女身体としての世界と、言語秩序の中にある世界との二つの世界があるわけではない。空虚を吸い上げ抱き上げながら発せられる声－言葉の反響する世界だけがある。それは瞬刻にして永遠であり決して割れない。毀たれることがない。それはある（在る）と言う以上に絶えず誕まれ、消滅することなく誕まれ続ける。何故なら充全なる空虚の声 - 言葉としての処女身体は、空虚であるが故に声 - 言葉を語り出で、その声 - 言葉故に絶え間なく空虚を抱き込んでゆく運動それ自体であるからだ。ここで永遠とは、無限に延長された時間でも時間自体を超越した新たな次元の時間でもなく、瞬間の絶えざる現れ、充全なる空虚そのものが放電している光芒に外ならない。

3．ただ、処女身体は自分だけであるのではない。確かに処女身体という一つの世界、空虚を吸い上げている声 - 言葉の世界しかないのだが、この世界は時空間の座標面にある言語秩序としての世界の傍らに、それと共に、それの中に、その裏にではなく表面に、それを突き抜け貫いて、その上と下に、それと重なるようにして離接してある。観念の地平のどこかに存在するのではなく、観念と非観念との間を擦り抜けて行く揺れ動く面の上に、しかもその表面そのものは間断なく沈みながら。深層を招き寄せたり根源に呼びかけたりすることは一切なく、あるいは純粋経験という遡源的な場にでもなく、況してや意識のあらゆる階梯の底の神秘的次元にでもなく。それ、処女身体は、言語の最も真近に、しかし言語を剥ぎ落として蹴りだすようにして、充全なる空虚故の反重力としてある。それに比して、言語秩序からなる世界はその秩序故の重力に捕われている。指示に、意味に、主体なるものの忍び込みに、その主体の互換性やコンテキストに。さらにはこれらの反照による認識論的地平の重力場に。

アントナン・アルトーは『神経の秤』の中で次のように語っている。

私はこまごました部分を考察する。断層や人知れぬ地すべりを的確にさし示す。なぜと言って、諸君、精神というやつは、あなたよりも爬虫類的なのだ。こいつは、蛇のように身をかくす。あまりにも身を隠してしまうものだから、我々の舌《ラング》の具合がおかしくなってしまうほどだ。つまり、われわれの舌が、宙ぶらりんになってしまうのだ。私は、思考とのかかわりのなかでおのれの言語《ラング》が示す人を唖然たらしむるような混乱ぶりを、誰よりもよく感じてきた人間だ。おのれのもっとも内奥で起る、もっとも疑いようのない地すべりの瞬間を、誰よりもよく見定めてきた人間だ。事実、私は、人びとが夢見るように、突如としておのれの思考のうちに立ち戻るように、おのれの思考のうちに姿を消す。私はこうした喪失を、すみずみまで知りつくしている人間だ。（粟津則雄・清水訳）

重力場から「地すべり」する精神が「蛇のように身をかくし」「われわれの舌《ラング》が、宙ぶらりんになってしまう」と語られるときの「精神」とは、決して思考する何ものかとか自我に与えられた名ではなく、反対にそういった言語秩序を崩してしまう、しかし言語秩序の中を貫いている声―言葉としての「精神」であり、だからこそ「われわれの舌」すなわち言語を「宙ぶらりん」にして、「人を唖然たらし」め「混乱」させてしまうのである。この「地すべり」による「思考」の「喪失」がアルトーにとっての反重力に外ならない。ここで留意すべきは、「内奥で起る」「地すべり」とは、「思考」を底へと掘って行くこと自体でもなければ、況してやそうすることで出会われるはずの純粋意識とか根源的自我でも、さらにはそれらの身体との交錯点でも全くないということだ。身体もまた時空間からなる言語秩序によって囲い込まれる限りは重力に捕われたままだ。アルトーの反重力とその身体は、

私は、私の手足や、私の心臓や、胃など、その結び目が、私を生の腐敗と結びつけているものを通して、人間なのだから。

という語りに示されているようにやはり「地すべり」するものなのだ。それは声 - 言葉のままに呻いている身体、壊れつつ誕まれ、誕まれようとして絶えず壊れてゆく身体に外ならない。壊れなけ

ればならない身体（《私を生の腐敗と結びつけているもの》）、それは思考と言語と主体を宿す身体であって、それに対するに処女身体とは、思考と言語と主体を崩壊させながらその崩壊の蓄積としての空虚を掻き寄せ増殖させる身体、壊れ続け、そうすることによって充全なる空虚を膨らませ、そこから声―言葉を発する身体である。

アルトーは画家のヴァン・ゴッホが自殺した理由に触れて次のように言う。

ヴァン・ゴッホは、すぐれた透視力をそなえた人間のひとりであって、この透視力が、彼に、どのような状態にあっても、事実のつくる直接的で外見的な現実よりもっとさきを見せるからだ。危険なまでにはるかさきまで、危険なほどさきの方まで見通させるからだ。

『ヴァン・ゴッホ』（粟津則雄訳）

この「透視力」は、むろん「事実」や「現実」の起源やそれらを構成し規定しているものを解釈する眼ではない。ゴッホのその眼は風景や対象や事物の方に向いてはいないし、これらを表現する手段としての形や色彩や光にさえ向いておらず、風景や対象や色彩や光をそうあらしめているもの、それらと共にあって、けれどそれらが壊れ、壊れて行く中で浮き上がって来た空虚の塊《マッス》、塊としての自然の声－言葉を聴こう、見ようとしている。この声－言葉を透視し、透視された巨大な空虚の上に浮かび上がり、瞬刻にして現れたって来る声－言葉としての形や色彩を描き切ろうとしている。

4. 声―言葉の反響として発ち現れる処女身体の世界は、時空間を

折り畳んだ言語秩序の世界を繰り返し否定し、否定し尽くした後にあたかも真実が開かれるかのように現れるのではなく、言語秩序の限界に、だからまたその表面に浮かび出る。と言って、そのためには前もって言語秩序の世界が存在しなければならないということではない。限界にと言うのは言語秩序が遂行された果てにということではなく（その遂行に終わりなどあろうはずもない）、話され、書かれ、述べられることによって構成される世界にあって、まさにその話され、書かれ、述べられているときに、それらを無効としてしまう空虚の侵入および迫り上がりとしてあるということである。言語秩序の側がこの外側の空虚を述べることはできない。何故なら後者こそが前者を可能としたから、後者の外側こそが言語秩序を成立へと至らしめたから。ところが、

逆接的にもこの外側の声—言葉の処女身体は言語秩序の世界と共に、そこを貫くようにして中性それ自体としてある。

先ず声‐言葉の世界があってそれが後から言語へと反射されたわけではない。しかし、さきに言語秩序が構成されてその限界面に声‐言葉が現れたのでもない。それらは同時に誕まれる。どういう事かと言えば、言語がその内部に論理的・文法的そして意味論的な統辞構造を通して秩序を構成するとき、そこで世界が言語として形成されるとき、すなわち秩序の真ん中でそれを貫ぬくようにしてあるのが声‐言葉ということ、この声‐言葉の中性的存立なくして言語秩序の世界は有り得ない。声‐言葉が中性的というのは、言語秩序を構成する規則や構造と共にありながらその規則や構造に何ら規定されておらず、また規則の結合や綜合によって成立するのでもなく、況してや規則を使用し遂行する担い手としての主体の設定を要請するのでもなく、むしろそれらすべての外側に浮かび立ち現存しているからに外ならない。声‐言葉は規則、構造、主体などから成る言語秩序の中空に浮かび立っているのであり、そこでは未だ時間は踏まれてはいないし空間も展ばされてはいない。

例えば、声‐言葉が「あっ、富士山だ」という名詞的な統合として発せられた場合、そこでは対象としての物（＝富士山という山）の命名が呼び込まれ指示されたのではなく、また指示する者と指示される対象との両者を結ぶ指示空間が展べられたのでもなく、さらには「あっ」という感嘆詞と文末の「だ」の断定表現が「あれは富士という名の山」なる表明を包んだ詠嘆の意味表現が述べられているのでもなく、そうしてその表出と共に現在なる時間が鋲止めされたのでもなく、その山の名が「富士山」であろうとなかろうと、そして結果的に指示空間や意味、その担い手という言語秩序を立ててしまおうとも、声‐言葉としての「あっ、富士山だ」は「透視」された空虚、言語秩序の「地すべり」の中で浮かび立って来た充全なる空虚、反重力として反響している処女身体に外ならない。規則と構造からなる言語秩序の内側で無数の対象の中の一対象（物）として「富士山」が選択されて指示され一定の意味を持つものとして語られたのではなく、あまりにも明るいゆえに何ら闇と変わらない中空に瞬刻駆ける一光芒のようにして「あっ、富士山だ」と発せられたのだ。それは声‐言葉が現れ立った、空虚の衣裳に被われた処女身体が輝き立った、あるいはたった一回きりの風の触知のように薫り立ったということ、つまり言語秩序故の時空間とそこへと自らを与《あず》けた自然とが捲れ上がり剥がれてしまったということだ。

5．ここで二つの反問が予想される。一つは、「あっ、富士山だ」という表出は一定の場所と時間という前提ないし限定なしには、またその前提や条件と結ばれた主体なしには成り立たないのではないかという事、もう一つはたとえ声‐言葉の発ち現れであってもそれはやはり誰からか、すなわち何らかの主体を通してではないかという事である。

確かにある日ある時ある場所で「あっ、富士山だ」と言われたのには違いない。しかし、その時間と場所は言語秩序の側の要求、時空間の座標面に己れを位置づけずにはおかない言語による反照に過ぎず、だから「富士山」という名詞の選択も「あっ」や断定の「だ」の辞も「あっ、富士山だ」という統辞構造も、声‐言葉の言語秩序による、あるいは言語秩序への翻案に過ぎず、決して処女身体の発ち現れではない。この現れにあってはどこか、「あっ、富士山だ」

と表出した側の位置、そこから見られて指示された「富士山」の場所、両者を繋ぐ空間が現実的にも論理的にも前提となっているわけではない。というのも、「あっ、富士山だ」は「富士!」でも「あっAだ」でも「A!」でも少しも構わず、そこではただ空虚そのものが反転するようにして昇り立ったのであって、何らかの具象世界が提示、指示、表明されているのではないから。その意味において声-言葉は最大限に抽象的なもの(全具象の尖端として)であり、この抽象故に具象世界の成立も可能となる。言い換えれば、具象の世界は声-言葉の抽象性の中にこそある。もっと言えば、一つ一つの具象もそしてその全体も空虚と共にあり空虚に抱かれているからこそたとえ時間の中で消滅に曝されることがあってもなお声-言葉としては保持されるのである。つまり声-言葉は永遠に反復可能なのである。時間と空間、これらを規定する条件やその条件の背景、またその中に居る一個人は決して同じ環境にはなくその度ごとに具象世界が語られるのだから、その「あっ、富士山だ」もそれぞれ違っている。つまり、「あっ、富士山だ」は無限にあってどれも表出されては消滅して行く。それに対して、声‐言葉として発せられる「あっ、富士山だ」は具象の表出の度にそのそれぞれの表出を通して、その中に、それを貫いて、けれどその向こうに発ち現れる抽象的な点に外ならない。それは「あっ、富士山だ」という指示、表明、表出からなる具象の底にあるものを汲み上げるように、それら指示・表明・表出を可能とする空虚なる胎盤から発ち上がって具象としての「あっ、富士山だ」を語らせるのであって、「富士」と名付けられた一つの山容を名付け以前の空虚の尖端に立たせる。声‐言葉は具象のその裏にではなく、その中央の空っぽから具象自身を根拠づけ、この根拠づけにおいて永遠に反復される。こうも言える、「富士」という山の名が「フジ」であるかどうかには一切関係なく自然そのものの塊《マッス》として、しかもその塊は空虚の質量として引き出されたと。

従って、声‐言葉が永遠に反復されるとは、後に命名され指示されることになる対象とその対象への関係が普遍的ということではなく、つまり抽象的な点として時間と空間を超越しているということではなく、それぞれに差異を持ったまま決して同じではない具象の表出の度に充全なる空虚から発ち上がるという意味においてだ。その度ごとに抽象点は新しい。

6．二つ目の反問は、声‐言葉はやはりそれを発する主体およびそれに相当する存在なしにはあり得ないのではないかということであった。確かに声‐言葉が誰かによってあるいはどこかから発せられる限り、その誰かやどこかにあたる何かが在るとは言えるし、その意味においてなら主体という言い方も出来なくはない。ただ、言語秩序の内にいる表出者、語り手を主体、第一人称としてのそれと呼ぶなら、声‐言葉を発する誰か（どこか）は同様の主体ではない。第一人称としてのワタシはすでに言語秩序というゲームを構成している規則に取り込まれている要素、無数の物や他者からなる世界の中でその世界を映し取って示す言語規則（もちろん映し取りそれ自体が言語規則を通して翻案される）の構成要素、あるいは規則からなる秩序の一契機であって、ワタシを起点にして世界が言語秩序として示されるのではなく、それ故ワタシが世界の初発点ではなく、当の世界と共に、つまり言語秩序の一翼を担う者である世界の内側のワタシとして言語を語らされ表出させせられる。ワタシが語る、表出するということはそのまま世界が言語秩序において語っている、表出しているということであり、ここにおいてワタシは世界の凝集点の一つにしか過ぎない。指示も表出も意味形成もワタシによって創造されるのではなく、要するに世界の手前にワタシが存在するのではなく、これら指示・表出・意味形成の作用がそれぞれに規則を使用して、いや規則の一つの相としてワタシなるものを成立させたのだ。ワタシが言語秩序の内で、ないしは媒介として世界を語るのではなく、すでに言語秩序として在る世界と同時にワタシは在ったのである。ワタシではなく、ワタシが語り、表出する事自体が、だから言語秩序における規則を遂行するという事自体がすでにして世界の自明性の何よりもの証左なのである。

翻って考えれば、主体を巡る問いそのものがこの第一人称としてのワタシの位置づけと相即的なものと言える。つまりワタシが語るということ自体がそのまま世界が語ることに外ならないのと同様に、主体は世界の前に立っているのではなく世界が自らを提示するために抽出した構成要素や凝集点にしか過ぎず、「主体とは何か」という言挙げそのものが、いや、それ以前に主体という概念の設定からにして言語秩序としてある世界の一つの表現なのである。世界の中で主体について問うことは、繰り返されるその問いの分だけ答が可能であり、同時にどれも最終的な答とはならないまま循環の輪を廻して行くだけに終わる。

さて、声-言葉を発するのは誰か、もしくはどこから発せられるのか。それをなお主体なる語で示すとすれば空虚なる主体と言う外はない。充全なる空虚の反響体である声-言葉を耳にするのは、そしてその響きに貫通されるのは、ある個人でもなければむろん一定の集団でもなく、さらには先験的主体であったり神秘主義者であったりするのでもなく、その響きを聴いた瞬間に動物的次元を離脱した人間、言語秩序としての世界に着地する前の人間へと向かう存在（言語と共に、言語として誕まれたのが人間だから）、しかし自らの身体すなわち処女身体に垂直の空虚が充全と広がっているのを識っている存在である。この処女身体の聴覚は、世界が誕まれる前の青々と澄んだ空虚の谺に浸されており、またその視覚は何物をも把持することのないまま眼窩を自然という塊《マッス》で充たしており、何よりもその皮膚は尽きることのない空虚の冷気を滲ませている。やがて無限の数の名でもって結合されることになる世界の肉体そのもののような処女身体、その声 - 言葉を発するのは言語によって糾なわれる世界の手前の、と言うよりは外の存在である。

とは言え、この存在は世界の内にあって、世界と共に、世界そのものとして言語を表出するすべての者の中に侵入していて、命名の中に誕まれるすべての個人、すべての物の中心を貫いて、それら、全対象を包摂している。それ故、外とは世界に対してということではなく世界がそのまま外に浸されている、侵されているということだ。世界に住まいながら同時に外に在る人間、これが動物的次元を離脱していることの意味であり、離脱とは決して言語を持たぬ動物から言語を持った人間への進化とか断絶的な超越といったことではない。先ず世界が在ってその後にその外の処女身体へと離脱するのでもなければ、原初的に処女身体があってそこから離脱して言語としての世界が登場することになるのでもない。世界は処女身体に貫かれ処女身体の方はその声-言葉を世界において発するということ、言語はその記憶の底で声-言葉の反響に浸されており声 - 言葉の網の目の下に広がっている空虚から発ち上がって来るということだ。

アルトーは、演劇の本質について触れた短い文章の中で以下のように語っている。〔『アルトー後期集成』（河出書房新社）の中で『親愛なるソランジュへ』と題されている〕

人間は欲望や犯罪の方式をつくり出したが、それらの本質や、不安定な時間とそれらの発現の起源はつくり出してはいない。

だからこそその点に演劇が介入するのだ。

人間の魂が犯罪や戦争、社会紛争を起こす内面的な潮流の波をとらえるために。

つくられる、あるいはイメージされる以前、自我の形式化されていない爆発というものは、一本の苗木の心的な地団駄、ひとつの吐息のあふれ出る句読点、ひとつの影の振動する大群、自我の痙攣を産み出すひとつ空虚の見出し得ないテンポなのだ。

それは一言で言うと、魂に先立つもの、その手で触れられることの起源である。――そしてそれこそが、演劇がつかまえ得るもの、生において行為となり得るもの、舞台が非現実にしてしまうものなのだ。

「自我の形式化」とは、指示や表出の反復を通して沈殿した心理的実体の第一人称としての登場、すなわち言語秩序を構成する一要素であると同時にすでに他の要素を前提としている論理的で文法的な秩序に外ならず、そうしてそこにおいて世界が開かれ、世界の中心であると同時に全てで、それもフィクショナルな全てであるということであり、それを破砕するには「自我の痙攣を産み出すひとつの空虚の見出し得ないテンポ」が必要だという。その充全なる空虚において声－言葉が「ひとつの吐息のあふれ出る句読点」、「ひとつの影の振動する大群」として発ち現れる。「ひとつの吐息のあふれ出る句読点」、それは小止みなき反響としての処女身体であり、また「ひとつの影の振動する大群」とは空虚をその影とする全具象の塊《マッス》の繰り返される露頂に、いや、全具象をこそ影とした空虚の聴覚の多声的な響き、その連続音に外ならない。声-言葉を発ち現わさせる処女身体とは、世界の基点としての、そして言語の起源にして媒介である身体ではない。それ、処女身体は世界を裏返し捲り上げてしまう。それ、処女身体は言語を空虚の吐息そのものの反響へと変容してしまう。

三、消尽される言葉

1．サミュエル・ベケットは『モロイ』、『マロウンは死ぬ』、『名づけえぬもの』といった一連の作品群において、まさにアルトーの言う「痙攣」する「自我」の苦闘を描いている。そこでは終わりなき「痙攣」が「あふれ出る句読点」として絶え間なく吐き出され、フィクショナルな言語秩序の破砕を通して声‐言葉の反響を聴き取ろうとしながらも却ってその不可能性が手繰り寄せられてしまっている。声‐言葉の中に発ち上がって来る、あるいはそこにおいてその肌を露わにする処女身体など永遠に不可能であることを語る苦闘、呼び出すこともできなければ確認することも出来ない言語と、処女身体の露頂を招来できない声‐言葉との間で宙吊りになった、まるで真空に息するような苦闘が。

ベケットのその語り、語りというよりは言葉の無間地獄を浚おうとするような着地点のないその表出は、アルトーが語ったゴッホの「危険なまでの透視力」すらも無効とする終末へと導いてしまう。まるでどれほど「透視力」を凝らしたところでその先で出会われるものなど一切無いかのように。いや、「透視力」そのものも崩壊してしまっていて。


……、もっと重大なことを考えよう。なにがいいかな?

たとえばこの声だ、嘘を承知でしゃべっていて、自分がなにを言おうと知らん顔で、たぶんあまり昔からしゃべっていてあまり恥ずかしいので自分を打ち切りにするような言葉をどうしても言えなくて、自分が無益な、とるに足りないものであることを承知していて、自分の言っていることなど聞こうとせず、むしろ自分が破っている沈黙の方に耳をすましていて、たぶんその沈黙からある日、到来と決別の長いはっきりした溜息が返ってくるような、この声なんかそのひとつじゃないか？もう質問なんかやめだ、もう質問はない、そんなものおれは知らんよ。声はおれから出て、おれを満たし、おれの壁に響いているが、おれの声じゃない、おれには止めることも、防ぐこともできない、その声がおれを引き裂き、おれをゆさぶり、おれをしつこく悩ますのを。おれの声じゃない、おれにはこんなものはない、声なんかないのにしゃべらなくちゃいけない、おれの知っているのはそれだけだ……

（『名づけえぬもの』安藤元雄訳）

ここで声とは語られ、呟かれ、呻かれている言葉であり、その言葉は当の担い手からも全く信じられていない疎遠なもので、それを拒否したくとも拒否もまた言葉による外はないためにその担い手は自らの言葉を「聞こうとせ」ぬ、と言うことは、自身を廃棄する「沈黙」を引き寄せたいという分裂状況に曝されている。そしてその「沈黙」から「到来と決別の長いはっきりした溜息が返ってくる」と漏らされるのだが、いったい何が「到来」し何から「決別」するのだろう。「到来」するのは処女身体の声 - 言葉ではなく、語られ呟かれ呻かれる言葉の終わり、それ故何ものかに向かって吐かれる言葉とその吐く者の無効性の空地《さらち》、消尽される言葉を消尽されるままにしてわずかばかりの反響も返さぬ沙漠であり、また「決別」とは、まず言葉すなわち言語の全作用と能力からの、次に言語の断片群と化した声（音声）からの、そうして解体そのものとしてしかあるしかない言語の無能性からの決別である。もはや声は「おれの声じゃない」どころか他者の声でも、つまり誰の声でもない。

2. 語られ呟かれ呻かれる言葉としての声は、その声を出す者すらを担い手とすることのないまま外側からやってくる。どこにも届かずどこから発せられるのかも分からないままただ残余のように取り残される。何ものかの残余としてではなくまるで物のように放擲される。それはあの声‐言葉を反響させる処女身体の中に包摂された空虚でもその影でもなく、空虚に罅《ひび》を走らせる、あるいは空虚を枯渇させる物そのものかのようだ。ひょっとしてアルトーは、「ひとつの吐息のあふれ出る句読点」の反復の中に処女身体（「器官なき身体」）を垣間見ながら、その向こうには沙漠しか開けてないことに気づいていたのかもしれない。だからこそ終わりなき「痙攣《けいれん》」を自らに科したのかもしれない。アルトーの固着、全具象を無底にまで引っ張り込んで行こうとする執拗さと、全具象はおろかその裏地までをも干上がらせてしまうベケットの消尽する声とは確かに共振している。

一方において、言語秩序という枠の中に常に取り込まれてしまう全具象それ自体の破壊つまり世界の消尽によって逆に当の全具象を処女身体として取り返そうとするアルトー、他方にあって、消尽において発せられるどんな言葉もその消尽線の果てを半永久的に延ばして行く、それ故沙漠すらをも消尽して行くベケットの呻き。ここにあっては空虚すら美しい。

3．そしてまたベケットの言葉、その消尽される言葉は思考をも不能なものとする。それは何ものかを思考することの不可能性ではなく思考そのものの無効性、思考する頭そのものの消失だ。

おれは言葉のなかにいる、言葉でできている、他人の言葉で、どんな他人だろう、場所もそうだ、空気もそうだ、壁も、地べたも、天井も、言葉言葉、全宇宙がここにある、おれといっしょにある、おれは空気だ、壁だ、壁に閉じ込められた者だ、すべてがたわみ、開き、漂い、逆巻き、ちりぢりになって、そのちりぢりなもの全部がおれだ、行き違い、ひとつになり、離れる、どこへ行ってもおれは自分に出会い、自分を捨て、自分に近づき、自分から遠ざかる、おれしかない、おれのかけらしかない、拾われたり、失われたり、不足したり、言葉言葉、これらの言葉全部がおれだ、こうした見慣れないもの全部がおれだ、埃のように舞っている言葉、地べたがないから地に休むことができず、空がないから空に消えることもできず、互いに出会うたびに、互いに離れるたびに、こう言うんだ、それら全てがおれだ、……

（『名づけえぬもの』安藤元雄訳）

反復される「言葉」や「言葉言葉」とは意味するものとして、また意味されるものとしての言葉では当然なく、それ故意味を運ぶ論理など当然無視され、と言って一つ一つの語句が、例えば「他人」、「空気」、「壁」、「天井」、「地」や「空」などの語は指示作用を行使し得ているのでも全くなく、「おれは言葉のなかにいる、言葉でできている」と呻きながら告発されているのは、物そのものと化した言葉、拭うことのできない物となって溢れ出ている言葉である。その言葉がこれまた何度となく表白される「おれ」を囲繞しているのだが、言うまでもなくこの「おれ」は言葉の発出者たる主体としての「おれ」、だから第一人称として立てられている「おれ」ではなく、物と化した言葉、吐き気を催すような汚物と化した言葉を恐れ、嫌悪し、忌避し、駄棄している「おれ」、しかし自らも汚物の残り滓《かす》となった「おれ」である。つまり「言葉」も「おれ」も物として放り出されているだけなのであって、その故の閉塞感もまた汚物の固まりの中に浮かんでいる。

ここにおいてどんな思考が可能であろう。無頭のままに物と化した言葉がまるで凝音のように唸っているだけなのだから。言葉が思考を乗せなければその言葉からは記号として機能も能力も喪われ、言い換えれば言語が思考と伴走することがなければその言葉が観念の地平を開くことはなく、ただの物塊としての言葉が吐き出されるばかりとなる。その言葉は吐く者自身の聴覚に、そして意識に絶え間なく侵入してくるため、それどころか身体そのものにも侵入して来るため、そこから逃れようとして自らをさらに物のように廃棄しなければならないことになる。言葉を廃棄するための言葉の連続的吐瀉《としゃ》、その吐瀉されたものの悪臭を拭い去ろうとしての身体そのものを裏返さんばかりの吐瀉、そして吐瀉物の堆積、つまり汚物となってしまった言葉。世界そのものを汚物と化してしまうどころか自らも汚物でしかない言葉、排泄物でしかない言葉が思考を立て得るはずもない。思考が世界を捕捉するためにはその思考は何よりも先ず身体を観念として繰り入れておかねば、あるいは映しとっておかねばならないが、その身体に汚物が溜め込まれてしまってまるごと廃棄される外なくなれば、基体的観念も当然流産されることになり思考は消失する。

思考の消失、それは世界の消失である。そして世界の消失とは身体の延長線すなわち空間における指示と指示されるものの関係の消失、またその関係と共に発生する時間の消失、そしてそれら時空間上に分節されたものの言語への回収と回収された言語に内包される意味の消失、さらには指示や意味を背負うもの言わゆる主体の消失、要するに言語秩序の消失である。いや、そればかりでなく、この消失ゆえに身体そのものも誰の身体でもないただの残り滓、もはや身体とは呼べない汚物と化してしまう。ベケット作品の登場人物たちはこの汚物となった自分の周りをただ汚物のままにグルグルと回っている。もちろん何故そうしているかも分からぬままに。（もっともここで言う登場人物とは決して特定の名を持った誰かではないのだが）

4．ベケットの語りと呻きは、呻きながら絶えず呻く者自身を駄棄し否定して行くのだが、その否定の反復は否定それ自体の自動律と化して行くばかりで空虚をも掻き寄せることはない。そこで行使される否定は空虚の底を浚い切ろうとする否定ではなくて、だからその底から発ち現れる声 - 言葉を聴き取ろうとしているのではなくて、唸るような呻きの凝音を断ち切ろうとしての反復強迫である。迫ってくる凝音と増殖を繰り返す汚物からの強迫に曝され、その強迫を叩きつぶそうとしての、また反復を嫌悪し忌避しようとまたぞろ重ねられることになる反復。

ここでは沈黙こそ最大の凝音だ。何故なら、沈黙とは最も凝縮された凝音だからで、その底から呻きが響き上がって来る。それ故、沈黙を掻き寄せそれと向き合えば向き合うほど唸りとなった呻きが〈さらに消尽せよ、消尽そのものを消尽せよ〉と迫る。沈黙はこの消尽の発条《ばね》と、いや、消尽される声を反響させて谺として返す空谷となるばかりであって決して唸りを吸収することはない。沈黙は終熄点ではなく反復のための起点の一つに過ぎない。むろん起点は沈黙だけではない。沈黙とは反対の連続的凝音すなわち小止みない吐瀉、一音一音の凝音の間《はざま》、吐瀉の予感と吐瀉物、これら全てが反復のための起点となっている。けれど沈黙は反復強迫における最大の地獄である。と言うのも、沈黙においては呻きと化したありとあらゆる声、全凝音の反射が襲いかかって来るからだ。消尽されたものの悉くが一斉に反撃に出て来るからだ。方法は二つしかない。どこまでも逃げ続けるか、反撃に反撃するかの。しかし結果はさらなる消尽のみである。

かくしてベケットの語り、その唸りとしての言葉はどこにも行き着きはしない。が、それは空虚に行き着いたということではない。

唸りのままに消尽される言葉はその自動律の反復を重ねて行く外ないのだから決して空虚へと到ることはない。そこには消尽される言葉の無効性があるだけだ。

他方、空虚とは声‐言葉が発ち上がってくる処女身体、さめざめと世界を透過する処女身体の形相であって、無効性や不能とは反対の充全性を湛えている。それ故、ここでベケットとアルトーは袂を分かつ。アルトーの全具象の破壊はやがてそれを処女身体として取り戻そうとするための、だから最後には声‐言葉を聴き取ろうとするための世界との格闘であるが、ベケットの消尽し消尽される言葉は世界を解体しながらその解体それ自体をも無効なものとしてしまう。果たしてベケットは「到来と決別の長いはっきりした溜息が返ってくる」と呟いたとき、何ものへと待機していたのだろう。おそらくそれは待機すべき何ものもない事への待機ではなかったろうか。

四、世界という闇夜

もし待機されている何かが、言語秩序としてある世界の外側からの呼び声であるならば、カフカの『審判』における「ヨーゼフ・K」はまさにそれにあたる。ベケットが「名づけえぬもの」と呼んだ何かが、カフカでは「ヨーゼフ・K」と名づけられたもので換喩されている。ただし、この換喩としての「ヨーゼフ・K」という名は、そこから世界が初まりまた同時に全言語秩序を立てるものとしての命名ではない。命名するとは、その名で指される対象の存在、この存在の受容と指示、指示の際の他の対象からの指示されるものの選択、選択されたものと指示し選択した側との共通の言語次元、この言語次元の中での指示の論理とそれが内包する意味、そしてこの次元の一端で指示を理解し意味を解釈する者、つまり言語と共に開かれる世界観念の成立に外ならない。ところが『審判』の「ヨーゼフ・K」は決して命名による語でもなければ、それによって指示される存在でもない。つまりそこには世界の成り立ちそのものが無い。と言って、処女身体の声 - 言葉が反響しているのでもない。処女身体の声 - 言葉が谺として響き渡るには、世界は充全たる空虚によって洗われ、その記憶に貫通されていなければならないが、「ヨーゼフ・K」という世界の外側からの呼び声は初めから欠落したものとしての世界、欠如としての世界しか語らない。

1．『審判』は「ヨーゼフ・K」なる男が或る日理由もなく逮捕され最期はナイフで突き刺されて処刑となってしまうという物語だが、ここにある奇異な不条理さはカフカの他のどの作品の底をも共通に流れている世界の欠落から来ている。その欠落は先ず空間の脱落および喪失として現れる。言い換えれば中心も外縁もない、また入り口も出口もない非空間的なものの露出である。それ故、虚構であるはずの作品の言語空間からその虚構性すらが抜け落ちてしまう。つまり、作品は書き始められた瞬間から必然的に虚構の次元に入って行き現実とは違う別の言語空間を開くのだが、その虚構の次元も喪われてしまうと読み手の側が住まう現実世界の方も曖昧で幽霊のようなものへと解かれ、空間はそのどの次元においても抜け落ちてしまう。短編集『田舎医者』の中に『隣り村』という小品がある。

祖父は口癖のように言ったものだ。

「人生はたまげるほど短い。いま思い出しても、ほんのちっぽけなもので、たとえばの話、若者がひとっ走り、隣り村まで馬を走らせるとする。どうしてそんなことを思いつきなどできるのだ。心配でならないはずだ――偶然の事故は勘定に入れなくても――ふつうの、こともなく過ぎて行く人生をそっくりあてようとも、とてもじゃないが行きつけない」

（池内紀訳）

たったこれだけの文章の中ででも空間の脱落が示されている。ここでは、空間は数十年の人生の時間を振り当ててもなお届き得ない無限の広がりを持っていると言われているのではなく、境界のない空間、いや、距離と運動と時間とを失効させてしまう空間への戦慄が、つまり脱落した空間への怖れが語られている。これは『皇帝の使者』という小品でも同様で、そこではやはり行為と時間の連続性を失効させる空間、世界の外部へと曝された空間への怖れが語られる。そう、空間の脱落とはもはや空間が世界を支え枠付ける形式であることができなくなって、その外部に侵されている事態である。そこでは虚構の、現実の、心理の全空間が抜け落ちて逆に混融してしまう。むろん時間も溶解する。となると、もう「歌姫ヨゼフィーネ」のように世界の外に立つしかない。

（1）彼女はいつもこうなのだ。ちょっとしたこと、ふとした偶然、不祥事、土間のきしみ、歯ぎしり、照明の故障、そういったものを、歌の効果を高めるのに手際よく転用する。当人のいうところによると、ヨゼフィーネは聴くすべを知らない耳に向かって歌っており、感激や拍手にこと欠かかないが、ほんとうの理解が欠けている。

「ちょっとしたこと、ふとした偶然、……そういったもの」とは、世界を触知させる最後の契機、あるいは世界の外のシニフィアンなのである。

（2）すでにやさしい全身をさらして、すくっと立っている。胸の下が小刻みに波打っているのは、歌に全力を注いでいるからだ。歌と直接かかわらない全てが力と生の痕跡を抜き取られたぐあいであって、彼女は素裸で、投げ出されており、よき精霊の加護のもとにゆだねられているかのようだ。かくも自分からしっかり抜け出して歌の只中にいるからには、一陣の冷たい風がヒョイとかすめて息の根をとめかねない。

（（1）、（2）とも『歌姫ヨゼフィーネ、あるいは二十日鼠族』池内紀訳）

「歌とかかわらないすべてが力と生の痕跡を抜き取られたぐあい」、これはもはや歌は世界の外で歌うしかない、歌は欠如としてある世界のシニフィアンでしかないということだ。「歌姫ヨゼフィーネ」は世界の内側においてではなくその外側で歌っている。「ほんとうの理解が欠けている」のは、彼女が世界の外にすなわち欠如した世界に「素裸で、投げ出されて」いるからだ。

2.『審判』の『最後』の章で、ナイフを突き刺されたヨーゼフ・

Kは「犬のようだ！」と言って死んでゆく。（また『兄弟殺し』のシュマールに刺されたヴェーゼの「野ネズミを仕とめた時と同じような声」、『ジャッカルとアラビア人』でのアラビア人に殺される羊の声、『一枚の古文書』での匈奴に殺される牡牛の声、『断食芸人』における「藁くずといっしょに葬られた」断食芸人と「必要なものを五体が裂けるばかりに身におびた高貴な獣」なる豹との対比、『ある流刑地の話』での将校の死）ここにある動物的な裸形の死あるいはただ物のように捨てられる即自的な死、またその裸形の肉体から発せられる声や音は、決して時空間としてある世界の中での身体の死ではなく、世界の外へと放擲された死、それ故もはや死とすら呼べないものの声である。つまり死とその呻きがその場所と担い手を世界の内に持っていないのである。確かに固有の誰かが死ぬ。しかしその誰かも生き物も世界の欠落の中で死ぬ。ということは、何ものも死ぬことができないという事である。何故なら、死は時空間の最後の結ぼれにおいて、だから世界が閉じられてゆく最後の一点にこそあるのに、その世界そのものが欠落しているのだから。

『ある犬の探求』という作品の中に一匹の老犬が小さな七匹の犬による音楽に驚愕する場面がある。彼ら七匹の犬は「なにもない空間から魔法の力を用いて音楽を湧き上がらせ」る、その音楽といえば疾走や停止、立ち位置、脚のあげおろしから成っている。それは老犬にとって、

意志をうしない、全力をあげて対抗を試み、苦痛を加えられるときのようにうめきながらも、わたしたちは音楽以外のものに心を打ちこむことを許されない。高いところから、底

の方から、あらゆる方向から聞こえて来て、聴くものをそのまんなかに引きずりこみ、ふんだんに浴びせかけ、ぎゅうぎゅう首を締めつけ、このように近いところで息絶えた聴き手を超えて早くも遠くの方へ去っていき、まだかすかにらっぱを吹きならすのが聞こえてくる。（本野亨一訳）

というものである。まるで週末のラッパ、黙示録的反響のようであるが、もしここに終末とでも呼べるものがあるとすれば、それは直線的時間の終わりではなく世界が垂直にストーンと、しかもどこへ向かっているかも分からないままの空間的脱落によるものである。位置も距離も時間も離接の度合もすべからく脱落しているが故に不規則な一挙手一投足が調律されていない音楽として浮き上がる。空間のないところで一つ一つの行為が有機的連関なしに浮き立ち、浮き立ってバラバラになった行為の集積が音楽となって「聴き手」を襲う。その時「聴き手」もまた脱落した空間に呑まれ「息絶えた」状態へと陥る。つまり音楽は世界の欠落を奏じているのだ。

3．世界の欠落とは、世界が無いということでも、本来はあったがその後消失したという事でもない。その有無あるいは可能性が定め難い、ひたすらに曖昧で不透明なままだという事だ。そこにはもはや空間と時間の境位がないから、身体も観念も言語もそれに生と死すらも無根拠なままに、それ故また存在理由もなしに放り出される。それらは浮遊したまま彷徨っているのだが、その事自体が世界の欠落を語っている。

4．これは裏返せば、根拠と存在理由に出会えればひょっとしたら世界に触れ得るかもしれない、その幻像だけでも見ることができるかもしれないという願望と祈りの彷徨いでもある。しかし、その願望や祈りはどこにも着地できず、何ものも捉えることができないまま、ただ待ち続ける、待機すべき何ものもないままの待機でしかない。世界の欠落、それは世界の可能性への待機である。どんな保証もないままの待機それ自体である。待ち続ければ世界は姿を現すかもしれない、むろん現さないかもしれぬ、どちらにせよ待ち続けなければそれも分からない。しかしまた、元々世界など在りはしないのに待機するという抑えられた欲望だけが如何にも世界が在るかのごとき夢を見させているのかもしれぬ。とすれば、何よりもまず待機の中に立ち続けねばならない。

長編作品の『城』こそこの待機の物語であるが、『審判』の中でも一挿話として取り入れられている『掟の門前』という小品でそれを見てみる。そこでは、田舎からやって来た一人の男が掟の門の前で門の中へ入ることを何年も待ち続け、それは命が尽きかけるまで続くのだが、そんな男に対して門番は「欲の深いやつだ」、「まだ何が知りたいのだ」と言い放ち、男の方は「誰もが掟を求めているというのに」と言う。ここでの、田舎の男の待機は世界への参入への願望、そこから空間と時間が開いていくに違いない世界の有への願望であり、その願望は誰をにも所有されているということだ。つまり掟とは確たるものとしての、いや確たるものであって欲しい世界に外ならない。だが、この願望の所有が逆に掟すなわち世界の幻像を夢見させてしまっている、有りもしない世界を倒錯的に招いてしまっているのであって、門番が最後に「ほかの誰ひとり、ここには入れない。この門は、おまえひとりのためのものだった。さあ、もうおれは行く。ここを閉めるぞ」とどなる時の「おまえひとりのため」の「おまえ」とは、倒錯者としての「おまえ」のことである。ひたすら待機している「おまえ」、世界との触知を待ち続けている「おまえ」の死に到るまでの祈求故の幻像としての世界、それは待機することによってしか、だから門の前で待ち続けることによってしか可能ではない。幻像である以上、世界が在ることなど定め難い、その存在理由などどこにもない、世界は元々欠落しているのかもしれない、田舎の男もそれは承知の上で幻像だけでも持ちたかったのかもしれない、その幻像に触れたかっただけかも知れぬ、とすれば門の前での待機にこそ整合性、正当性があることになる。必当然的に、仮りに掟の門の中に入り得たとしてもそこには何も無いということは明らかである。それどころか何かが有る事自体が許容されないであろう。何故なら、欠落した世界にあっては倒錯像としての幻像以外の何ものも有り得ないからだ。

かくて、待機とは世界へ参入する前の地点での待機ではなく、つまり世界の欠落を飛び越えて世界それ自体へと入って行くための待機ではなく、世界の欠落の中でその幻像を夢見るための待機、永遠に待機することによって世界の可能性を倒錯的に保持しようとすることに外ならない。欠落に侵された底での押し殺された呻きが放つ倒錯、その声に。

5．さらには、名前の即自的浮遊、呼ばわれてまるで虚空の闇に反響しているかのような人間の名の姿もカフカ作品における世界の欠落を語っている。その名の姿、例えば「ヨーゼフ・K」は虚空に響き渡る、それも中空に刺されて浮かんでいる黒い針のように。その姿には被指示の肉体や顔はおろかそれらの像もない。具体的な誰かの名前のはずなのにその具象性が完全に削ぎ落とされ、逆にその呼び声そのものの方が、それはただ発された声に過ぎないにも係わらず避けようもない磁力となっている。届き得ぬものとしての世界の前で佇立し、凍結した戦きと化している。『大聖堂にて』と銘打たれた章にも聖職者に「ヨーゼフ・K」と呼ばわれる以下のような場面がある。

長椅子の列から出て、そこから出口までの広いところにさしかかったとき、はじめて聖職者の声がした。くぐもった強い声だった。広大な聖堂いっぱいにとどろきわたった！聖職者が呼びかけたのは聖堂区の信者ではなかった。相手は、はっきりと名指しした。もはや逃れられない。彼は叫んだ。

「ヨーゼフ・K！」

名指されることが、どうして「もはや逃れられない」思いを抱かせてしまうのか。それは名指しによって世界が開かれ初めるからではなく逆に世界の欠落、その闇夜が露頂しそこへ引き込まれてしまう戦きに曝されるからだ。名指すという記号遂行行為、その際の声としての名そのものは、闇夜としての世界を否定して世界それ自体を立ち上げる行為であるように見えて、実はその否定において闇夜を引き寄せてしまう。名指される前は世界は欠落した闇夜、すなわち即自的な無である。それは名指し行為故によって否定され乗り越えられねばならない。ところが、その行為故にまさに無を引き寄せてしまう。否定は決して世界の肯定へとは、世界の抱き寄せとその確保へとは到らない。それどころか反対に自らを空疎な響きのまま空転させてしまう。ちょうどヘーゲル弁証法の否定の否定が最後まで即自の闇から逃れられなかったように。

否定は何ものをも否定し切ることはできない。何故なら、その何ものかを受容し、承認し、肯定しない限りは自ら自身（＝否定）であることはできないからだ。否定するとはその否定しようとするものの肯定である。つまり、名指しによる即自的無、世界の闇夜の否定は、それを更に露わにするばかりであって、決して世界の発ち上がりを保証しない。もし仮りにも世界が発ち上がって確保されることを否定の後の肯定と見なすならば、それは世界の欠落に外ならない闇夜の上に架けられた否定行為、すなわち名指しの行為によっており、そうなるとこの架橋は無限に反復されなければならないことになる。それ故、この仮りの肯定は名指しという否定の後にではなくそれと同時にその中においてしかない。従って真に肯定されざるを得ないのは、と言うよりすべての否定とそれに寄生している仮りの肯定に対して冷厳なままあるのは世界の闇夜だけである。

とは言え、初めに世界の闇ありきではなく、初めに言葉があったのである。名指すこととそれ故の動的アポリアが。一方において、名指し名指される言葉がなければ、そうして言葉は絶えず反復され更進されなければ世界を手に入れる事が出来ない、つまり世界はその闇夜を否定し続ける言葉においてしかないが、他方では、その言葉による否定は反対に世界を確実なものにするどころか闇夜を深めてしまうばかりとなり、そうすると言葉は前にも増しての否定の遂行である外はないというアポリアである。言葉による名指し行為が初めにあり、もしそれがなければ世界は欠落した闇夜であるということではない。ならばこの行為による否定が遂行されなければ世界が現れるのか。名指されることのないところに世界があるのか。しかし、世界は名指しと共に、名への運動と共に初まる。この運動こそが世界の闇夜を引き寄せる。それ故、世界とその闇夜とは貫通していることに、というより名指しという架橋によって繋がっているのではなく侵犯し合っていることになる。いや、架橋とは言うまい。名指しから初まる言葉は常にその剰余を算出しているのであり、それこそが世界の闇夜なのである。「ヨーゼフ・K」と呼ばわった聖職者の声、あの声はヨーゼフ・Kと発することによって同時に剰余としての世界の闇夜すなわち欠落してある世界を招き寄せたのであり、そこに曝されて当のヨーゼフ・Kは怖れ戦き「もはや逃れられない」と感じたのである。

6.「ヨーゼフ・K」と呼ばわる声に象徴的に示されているカフカ作品における名指しと、命名行為による世界の現出とは区別されなければならない。前者が遂には名指しそのものも解体されてしまいかねない危機の線上にあるのに対して、後者の場合は命名による指示と選択、その命題化と意味、意味の担い手といった一連の言語秩序、それ故言語秩序としてある世界の現れが導かれる。実は後者の命名行為による世界の現出にあっては、その現出以前に世界は言語秩序の空間としてすでに予感されている。この予感に促されるようにして命名行為がなされる。身体の地平として広がっている世界は命名による名から始まる観念化を待っており、この観念へ掬われた第二次身体が以後自らの述語化を求めて言語秩序を開いて行く。命名行為による世界の現出は視覚論理の上に立っており、そこではすでにして視覚が世界を共通の地平として呼び込んでいて、その地平にある視像が視覚へと跳ね返って来て空間を秩序づけるということになる。世界はすでに視られている、視られているが故に観念化を強いる、と言うか要請する。

これが命名行為の論理である。

ところが、呼ばわれる名、カフカ作品における名指しは聴覚論理に貫通されている。そこで呼ばわる声は、誰かから、或いはどこからか発されるのではなく、だから予感されている世界のどこかの地点からではなく、その闇夜から響き渡って来る。まるでその声そのものが凍結した身体でもあるかのように、声がそのまま身体であり声の消失と共に身体も消えてしまうかのように響き渡る。世界との共通地平を持たず声そのものと化しているこの身体は、声が消失すれば無惨にうち捨てられる外はない。名指しの声としての聴覚の中に呑まれた身体、この聴覚そのものに外ならない身体は、世界への開かれを全く持っていない。凍りついて屹立している。と言うよりは冷凍保存された屍体のように放り出されている。それはどこにも回収されないまま放っておかれるか、そうでなければただの物塊のように廃棄される。カフカ作品に見られる登場人物の死の多くはこの廃棄される惨めな死、尊厳どころかどんな人間らしさも持っていない死である。何にしろ名指しの声は、どこから現れたのかも、どこへ回収されていくかも全く不明のままなのだから。出立と回収の両つながらの不能を語った最たる作品が『城』と言える。

この名を呼ばわる声は、アントナン・アルトーの器官なき身体すなわち処女身体に響く声 - 言葉とは違っている。後者の声 - 言葉は世界の空虚化の最大限の引き寄せを待って、あるいはその中で発せられる。それ故、ここでは不確かながら世界はまだ在ったし、新たに在ることがどこかで信じられている。しかし、カフカ作品における名指しの声にあっては、世界が空虚であるかどうかすら分からない。空虚かどうかには関係なく世界は欠落している。全くの闇である。世界が闇なのではなく、この「世界が」という主語が無いのだ。世界が空虚ならばまだそれに見合った身体と観念が暗い流れとなって蠢いていようが、欠落した闇のままであれば空虚さえ広がっていない。だからこそ名指される声は凍りついて不能それ自体と化す。

第三章　間奏曲としての詩篇群

緑の埋葬地

1

風の落ちたサハラの谷
遠ざかる砂塵のなかに揺たう
緑の
そうして
消えなんとする生命の幻
陽炎浮かぶ
土壁這う小さな村

声を殺された者たちの
眸が
亡霊のように光る

2

ベルベルの行路者も
踏み入れぬ
その緑の谷
微笑んでいる死が誘う
生命裂けた村には

虚の声

かつて
宿運の煙霧《む》が
流れたことはなく
一度たりとも
埋葬の地であったことはないのに

それでもなお
繰り返し招く呼び声
熱砂の下を音高く流れる水となって
ひたぶるに
震える反響

処女身体

直立しているとき
時間は断たれている
大きく落ちて開かれた空洞は
決して過去ではない

己れの顔を凝っと見て
透明な銀色のそれに
驚愕する
超えられたものへの矜恃とともに

虚の声

崩壊も知らず
また去勢もされず
現在が凛気天《りんきてん》のように立っている
瞬きの苛烈な否定のままに

断たれたのではない
喪われたのでも
忘れられたのでも
まして廃棄されたのでも

蒼い穹窿さえ呑み込んで
針のように喉に透過させて
水銀柱のように

意志の驚愕が立っている
決して訪れることのない怒りとして
また
臓器のない悲しみとして
無依のままに

外部へ

1

揺らいだままであるしかない
疾駆してゆくものたちは
飢えと焦燥の果てに
消滅する以外にないのだから

遠い透視のなかで
凝っと立ち続けよ
美しく装ったものたちは

音のない瀑布へと転落して行くだけ
押し殺された無類無数の声に
浸すようにして耳を傾けよ
さんざめきながらの
古い葬送の譜よ

2

かつて蒼穹に舞った
明るい天使たちは
凍りついた身体のまま

一人、　また一人と去って行く

下り立つ地が沈み
愛撫すべき朝の緑
そして　光きらめく野末の香が
なよやかな皮膚を喪ったのだから

もう
垂直の唇に触れられることはない
潤い含んだ端麗な
あの忘我への招きには

斎宮《いつきみや》

1

天気輪に
瞳を開いている乙女たちには
帰って行く所がない
時間の流れの向こうで
清らかな葬送を差配しているのだから
紺青のあまりにも明るい夜
白無垢の斎宮たちが舞う

黙したままに凍った黄泉の漂泊者の
硬い頬を撫で
玲々瀧と息をふきかけながら

2

婀娜《しな》柔らかにほどかれ
袖がサッと空《くう》を掬うたびに
水銀柱からの谺が
擦過しては輝く

翩翻と肢体は交わり

はるか昔
言霊《ことだま》だったに違いない声たちが
澄みとおった天の流れへと溶けてゆく
無窮天はさらに開かれて

裸顔

1

暗影《かげ》の領域こそが
世界の裸顔
残骸と痕跡からなる
美しき装いの開闢こそが

通り過ぎてゆくのは
幾重もの不遜を生きる
実在を装った霊たち

幽鬼のように蔓る
彼らの語の先端

また
高邁然とした理念たち
繰り返し地平を搔きとって見せる
知の言の葉たち
絶えず深淵から逃亡しながら

2

残骸こそが呟く

虚の声

永久墓地を築いて行く
装いの宿命を
その荒涼とした野を

裸顔たちが憫笑する
幽鬼を、　言の葉を
そうして
駆けて行く時の恣態の
偽りの真を

岸辺を洗うのは
虚の山魂より流れ来る河
やがて蒼穹へと昇り

揺湯とうては消える
高層園への帰郷
暗影たちは眠り
裸顔は憩える

声を求めて

1

麗しの土地の園には
真夏の雪の細片が舞い
香りたかき花粉の憂いが
氷の壁に抱かれて
立っている
常に発ち上がっていたように

眼指しの遠い過去には

すでに露れ立っていた
そして
〈今〉を巻き取りながら
鮮明に　より透度高く
未来を歓待している

2

そこで
何度となく聴いた
落ちた方位の底から湧き上がる
囁きにもならぬ声

虚の声

消えなんとしては
絶えず産まれ出でるそれを

大気は少しも顫動することなく
明哲に、　明らかなままに
屹立している
そこに未成の、　だが
逝ってしまった谺の群れが
佇んでいる

生成の不能が
あらゆる墳墓が消える
数万年の光の痕跡を湛えて

朝まだきの荒蕪地
眼窩を捨てた眸たちが
凍ったままに飛ぶ

覚めざめと下りて来る歌を待つ
あるいは
終わりなき溶融から押し出される
声の連続体
澄んだその切迫に
拝跪せむか

第四章　透明な虚

一・序論

空間の内側から透明な虚が迫り上がって来る。時間はもう忘れ去られた。身体はその澄んだ透明な気に浸される。美しい墓石群からなる都市、その中空を飛び交って止まない電子記号、はたまた言語の横溢と消耗に曝されながら。

そこで身体はつねに消滅点へと誘われる。

二．空間と身体

1．透明な都市

都市は人々を受け容れ抱き取るようにして消費し、その身体を透明な均質体と化す。自らの装いを新たにしながら更新して行き、そこへ人々を招いて消費する。人々はそこでは均質体どころかもはや排泄物にしか過ぎず、排泄されること自体を自らの快楽として味わっている。

都市が身体を侵す。まずは垂直に延びた墓石群の中で労働と享楽が、そして何よりも時間が摩耗される。高層へと向かうその巨大な棺の中で身体は有機的衝動を抑制され分断されて無機質な機械状のモノ、透明な形式と化す。棺の外では夾雑音と色彩からなる喧騒の空間に曝され、そこから再び次なる棺への移動空間に身を任せるばかり。

大いなる棺の中はというと、そこは幾何的で合理的な無数の中小の空間から成っていて、その小さな方舟の中では物も人も効率的に配置され、その配置がつくる秩序には権力の連鎖が反映されてもいる。が、何よりもその方舟を支配し律しているのは、電脳空間上の情報すなわち数値や記号であり、その判読と処理、そして処理後の行為としての指示と命令の更なる情報化である。ここでは身体は電脳空間の端末にしか過ぎず、その身体の底には表出方法を忘れた欲望が対流している。

2. 偽装される身体

今や、身体はその知的営為から欲望処理に至るまで電脳空間に統禦されている。そしてこの空間は広さと深さにおいて絶えず廃棄されながらも無限に生産増殖され、シーシュポスのようなこの無限を反復する。充足などどこにも無いままに。かくなる身体、幽鬼のような身体。

人々は自ら己れを捨てたのではない。ただ、記憶すなわち時間が流出してしまったのだ。空間は時間を溶かしてしまい、身体は透明な虚に浸されてしまった。

そこで身体は偽装する。自身を抽象的にではなく具象的に、何ものも体現もしなければ象徴もせぬまま、コード零の偽装を産出して行く。偽装間の差異は提示されるものの意味対象を全く持たぬまま。

どの偽装も具象的ではあるけれど、それらはただ揺蕩《たゆた》っているばかり。腐臭のない死、畏怖を起こさぬ死にも似て静謐に無垢そのもののように揺蕩《たゆた》っている。

偽装された身体にあっては、もはや肉体は形骸にしか、空っぽの形式にしか過ぎない。その身体は、ただ病める心的空間と疲弊した器官とを抱いているだけで。まるで病んだ心身こそ生命の偽装であるかのように。同時にまたこの偽装は死の偽装空間でもある。それは生命科学の高度な細密化による記号連鎖とその情報空間という姿態をとって。まるで反復されては厚く塗られる死化粧のようで。

3. 性の溶解

性もまた死の偽装の現れであり、死は性を幾重にも偽装させる。死は社会的・文化的な性を、いや生物的な性すらも緩やかに解体し溶かしてしまう。男という性（雄性）、女という性（雌性）は、死に招かれるようにして様々な変容へと漂うようになり、解体された雄性が自らの消失の反響の中で強く新たな雄性を求め、また溶けて行く雌性は自身を別の澄んだ鏡に映し撮ろうとする。さらには、雄性は崩れゆく己を嫌悪して拒否しようとし、雌性は雌性で死の舌に舐められている己を否定し切ろうとする。つまり、死は性を無根拠なものとして浮かび上がらせ、その不安からの逃避が幾重もの偽装として現れ出ることとなる。リビドーが死の阱の中で対流するとき、両性は共に他との区別を失ってそれぞれが同性に回帰するか、消失された自らの性の代わりに他性を欲動すること――消失された雌性が自身を雄性と偽装し、また消失された雄性が自身を雌性へと偽装すること――にもなる。

死の偽装空間はこうして性をも浚ってしまう。性の如何なる現れも単なる差異として漂わされてしまうばかりで、この差異の連鎖と漂流に終わりはない。これは性を基底とする身体空間が侵された、身体から性が解き放たれ遊離されてしまったということだ。

リビドーは還流する。露頂する死に浸されて還流し、身体を侵し、性を洗い出す。洗い出された性は、多様な姿をとって表出され当途なく彷徨《さまよ》う。

還流するリビドーの中では、もちろん時間も喪われる。後なるものが前に、前なるものが後に、今は絶えず同時に後ともなり前ともなる。死は生誕、生誕は死、成長は同時に死でも生誕でもあり、生

誕は形式としての身体を欲し、死はその形式を解き放つ。そして、
その形式こそ偽装に他ならぬ。

三．虚の裸出

1．透明な身体への偽装

都市は五感のすべてにおいて享受される。眼は、建築群の新陳代謝や交通網、無数の街路からなる日々変わり行く景観を享受する。それは分泌され脱皮されて行く都市空間、何層にも開かれては割れて行く空間であり、そこにあって身体は視覚のみならず全身で呼吸する。中心のない空間の享受、その快楽を。

聴覚、それは多様な音の連なりとその底を流れる通奏低音に洗われ、身体はそれを基調音として享受する。それは透明な身体の原音、原リズムであり、この原リズムこそが快楽のさざ波である。

都市空間は無色無臭に浸された快楽の無限貯蔵庫であり、それ故どんな臭いも身体をざわつかせ不安にしてしまう。透明な虚体である身体は、何ほどかの臭いが擦過することを拒否し、自身の虚をそのまま都市空間に重ねようとする。透明な身体が都市空間で自慰するためには、都市は無臭の虚体であらねばならないから。肉体ではない。肉体は放棄され、透明な身体へと変容される。と言うのも、肉体はあらゆる汚臭の遡源であるのに対し、身体はそれを無化した透明な虚体であるからで、都市はこの虚体の鏡像にほかならない。

都市を味覚する、その空間を味わう、それは無調のリズムの中で、透明な視像の断片と化した全対象を無臭無菌のまま味わうことであり、それがまた身体に無菌の透明性を齎《もたら》す。透明な呼吸、透明な眠り、透明な飲食、さらには透明な排泄の享受空間としての都市。そこでは、蠕《ぜん》音と腐臭からなる肉体は透明な身体へと最大限に回収される。

都市の触角、それは何物にも触れぬこと、触れられぬこと、肉体ではなく透明な身体の接触からなる空間に外ならぬ。他の何物からもの接触を受けぬ身体、他の肉体から限りなく離れてある身体、それが透明な身体であって、都市はその容器である。そこでは、物も肉体もすべからく嫌悪すべき汚物であって、それらから可能な限りの距離をとり、そしてその距離を明晳な感覚でもって感じることが、より澄んだ快楽を生じさせる。他から触れられぬようにするには他に触れぬようにすればよく、他に触れぬことによって、また触れようとせぬことによって、身体は透明な偽装と化す。

この偽装は都市が時間を排斥することによってより明度を増す。時間の排斥、それは空間からの過去の抹消、肉体と物の記憶の消去である。透明な身体としての都市には時間のわずかな染みもあってはならない。

しかし、透明な身体という偽装からなる都市、それは近づいて来る死の跫に耳を塞ごうとしている空間の、無声の声の現れなのかもしれぬ。

2. 時間の喪失

透明な空間にあっては時間の露頂はない。時間そのものが忘失される。形成の時の流れとその現れ、生の累積と刻印のすべてが。形成に費やされた時間は実は死の偽装、偽装された死に外ならず、無数の肉体と無数の物との交錯からなる時間の社会的開きの反復も、偽装それ自体の反復に外ならない。つまり、時間は初めから自身が捨てられ否定され尽くすことを知っており、反復される偽装によって滅びゆくものとしての己れを受け容れることを絶えず先延ばしにして来ただけなのだ。

むろん、この偽装が時間の露頂だと言えなくもないが、しかしそれは逆説的にも消えゆくための、滅却されるための露頂でしかなく、露頂の終わりなき現出はそれだけ偽装の無限に近い産出を語ってしまう。まるで追われるようにして、また逃げるようにして偽装は駆けて行く、肉体を、物を、それらの交錯面を。

だが、逃げれば逃げるほど、追われれば追われるほど、偽装ゆえの時間は虚の空間を掬い上げ抱き寄せてしまう。その空間は己《おの》が空虚をより澄明化しようと時間を洗い出し偽装を演出させる。澄明化されればされるほど、だから空間が透明化されるほど、偽装は増幅され時間は無限化される。もちろんこの無限化は時間の死に外ならない。時間は透明な虚の空間に呑み込まれることへの畏怖から偽装へと馳せ参じるのだが、それが却って自らを痕跡化してしまう。
歴史、それは無数の痕跡群からなる映写幕《スクリーン》である。

3．偽装空間

偽装の時間史としての歴史。そこでは偽装が重ねられ、その痕跡があたかも歴史そのものであるかのように残されて行くばかりで。時間の偽装とは何らかの真実の一時的仮装や虚構ではなく、演出された空間、そこで物と肉体とが交わり、その交わりを通して開かれた次元の言語や記号からなる空間であって、この空間は絶えず演出されなければ、それ故絶えず偽装されなければ崩壊してしまう。偽装とは偽装空間そのものであり、その空間は偽装としてあり続ける以外に自らを維持し得ず、維持し得なければ直立して来る虚に襲われる。その底の死に洗われる。

　虚の空間、それは死の澄んだ発ち上ぼりであって、その浸透を避けるには常なる偽装が、それも絶えざるその高度化が不可避となる。そして時間とは偽装のこの高度化に外ならない。

　それ故、偽装による偽装の高度化は、恐ろしいまでの墜落の換喩とも言える。墜落の最中にあるからこそより高度化が欲せられるのだ。墜落、それは言うまでもなく虚の底からの死の招き、その発ち上ぼりによる浄化であり、それが偽装に高度化と澄明化を迫る。その最も際立った表出としての都市。

　従って、一見高度化を達成していっているかのような偽装空間は、実はその偽装の度に偽装性を剥落させていっているのだ。その度に透明な虚の空間の裸出に戦きながら。だが、偽装空間の演出に終わ

りはない。それはより純度を高める。高めながらもその純度は透明
な虚の空間の裸出へと転倒して行く。

四．生と死の裸出

1．貨幣という偽装

偽装の時間史が空間へと転位されるときの、それ故、その偽装空間が死の招きによる透明な虚の裸出への転倒から可能な限り上昇しようとして演出する際の偽装、それは貨幣や言語としても表出される。それらは常に差異を生み出し続けながら疾駆し流通される。だが、理念や目的の無いまま、また出自や根拠が不明のまま、自らへの憑依の中で差異を反復しながら。ちょうど都市が自身の像を反復される差異の更進として変身し偽装して行かねばならないように、貨幣は自己増殖とその破綻の記号として反復偽装され、言語は言語で差異の産出の中で自己否定による偽装を繰り返して行く。反復されるどの偽装も永久墓地を、すなわち透明な虚を拡げて行くことでしかないのにも係わらず。

貨幣という偽装は、それが物と物、物と人、人と人とを総体的に繋げ交わらせる関係性の記号であって、この記号の自立化による肉体と知あるいは労働と精神の支配と管理、つまり貨幣による物象化は、自らを更に高度な物象化それ自体として展開させて行く以外にない。だから、その高度化もしくは細緻な分節化による差異、差異の表出としての偽装に終わりはなく、絶えざる差異の反復表出であることの偽装そのものも物象化して行かざるを得ない。そうなると物も人も差異の単なる残骸、偽装の幽鬼にしか過ぎなくなり、総体としての社会は永代墓地と化してしまう。

物や人が貨幣を新たな差異の産出としての偽装に向かわせるのではない。貨幣自体が己《おの》が砂漠を遠望し、かつその砂漠を無限に拡げ、拡げながら制覇し我有化して行こうとする。むろんどこまで行っても我有化は不可能なのであるが、それがために却って無限の我有化、終わりなき偽装に取り憑かれる。貨幣自身がこの憑依から脱出することは出来ない。何故なら、脱出の方法が無いからではなく、そもそもが脱出など有り得ないからだ。貨幣に出来るのは偽装、差異の産出の物象化だけで、言い換えれば自らの声を無限へと解き放ちその反響を聴き取ろうとすることだけだから。

もはや、物は消費されるためにあるのではなく、貨幣自身が自らを費消して行く偽装のなれの果て、その残骸としてのみある。やがてその残骸ですら姿を消してしまう。貨幣は記号としての高度化の運動以外の何ものでもないのだから。

今や、人は生産や消費のために存在するのではない。絶えざる差異の産出たる偽装の次第に消えゆく影として以外には。高度化される貨幣の運動は、人を無益な余剰、幽鬼の群れとしてしまう。

2. 偽装としての知

知もまた己を細緻に分節化して行く以外にない。それは高度化に伴う差異の露出あるいは析出であって、貨幣の自己増殖のように自らの無限を聞きながらそれを掻き寄せ、露出や析出の度に新たな露出への衝動と次なる析出への欲望へと突き動かされて、終わりなき我有化を達成しながら達成不可能な永遠を追い駆けて行く。

知とは、常に偽装に、次なる差異、その開かれを前にしての仮の姿すなわち偽装に外ならず、偽装であるが故にそれを透明化しようと更なる偽装を産出してしまう。そう、開かれの彼方から迫って来るのは透明な虚、絶えず偽装へと招く透明な虚であって、それに挑み、挑んではそれを埋め尽くすようにして知は前へとのめって行く。

先駆し前へ前へとのめって行くこの知、まるで飢えを識らず、けれど常に飢えているこの知自身の細緻な分節化と高度化は、決して物や人や関係性の総体の明晳な解明化に仕えているのではなく、それ故自身の実証性と有用性の完遂化を目的としているのではなく、況んや総体に生じた負荷や欠損を治癒したり解消したりしようとしているのではなく、自らの究極的な鏡像である最終的な偽装へと憑かれているのだ。我有化の極限へと。

ところが、それは永遠に達成不能だ。と言うのも、知は絶えず前へと差異を開きそれを偽装として呈示して行く以外に己を保持できず、仮に偽装の完遂としての差異の消滅が可能だとしてもそれは自身の棄却以外の何ものでもないからだ。元より知が己を棄却することなど有り得ない。知を誘なっているのは透明な虚であって、それは透明であるが故に無限に掻き取り引き寄せても更に無限に遠ざかって行く。

知は己れの最終的な境位である究極的鏡像を求める。透明な虚を覆い尽くす完璧な偽装を欲する。もはや差異の開かれることのないその境位を。だが、そのためには鏡像は永遠に鏡像のままであり続けなければならない。完璧な偽装は永遠に繰り延べされ続けねばならない。

鏡像への誘ない、それは浄化されゆくリビドーの表出にも似た陶酔を、死の愛撫にも似たそれを夢見させる。絶えず差異を産み出しては開かれて行く透明な虚、この虚をまるまる抱き取ろうとする永遠なる透明への欲望、鏡像がそのまま虚となる愉悦への希求、それが死へ憑かれた知の本質である。

3．言語という偽装

すでに言語は透明な虚を前にして足掻き呻いている。終わりのない饒舌が生のあらゆる領域に拡がり、まるで語り続けること、言葉に言葉を継ぐことが生を掬い取ることであるかのように。その言葉のどれもが断言命題的な偽装を帯びて。

生の地平に発ち現れるすべて、空間の設計や未来、時間の空間への分節化、肉体や知の管理から貨幣の流通や分配に至るまでのすべてが、高度な知識と純化された感情を伴いながら小止みなく語られる。それは生の救抜化という理念以上に、語り続けることが、つまり言語によって差異を汲み上げ続けることが、そのまま生の裸出それ自体に外ならないことを示している。そうして、その裸出は透明な虚への抵抗かつ引き込まれであることを。

そう、言語は自らのためにのみ言語であり続ける。透明な虚へと向かって己れを裸出し続ける。その度に言語は偽装として紡がれ、が、その偽装は何度も裂かれ、裂け目にはまた新たな偽装が施されて。

言語の裸出、それは生の裸出である。透明な虚のなかでの戦き、その戦きの裸出、戦きとは空間が誕まれる前の、いや誕まれる瞬間の虚の声、虚と共に開かれて立つ透明な空間それ自体の声であって、この声が裸出し、裸出される。裸出がなければ空間は震えるように立ち上がることはないし、虚の声が響き渡ることもない。言語、その裸出のなかにはいつもこの声が反響しており、それを聴き取ろうと言語も裸出へと身を開く。

どこまでも駆けて行こうとする言語と生、響き続ける声の裸出、それは決して届き得ない死の、言語と生の岸辺にひた寄る死の偽装である。

終章　風の耳よ

風の耳よ

1

絶えてしまった風の耳よ
黒森の
深い洞穴《どうけつ》へと帰れ
遠い海鳴りの響きが
やすらかに眠る
非在のその原郷《くに》へ

耳を峙《そばだ》てよ

立ち上がる蒼穹が
その透明な手でもって
おのが乳房を撫で回しては放つ
嗚咽へと

奥所《おくが》には
滞留している風の息たち
朝まだきの声の裸身たちが
水浴びをする
密やかな湖

2

逝ってしまった者たちは
白い歌を口遊《くちずさ》んでいる

幾つもの谷の彼方から
翩翻と舞いながら
うす緑色の波を返してくる

誰も失墜などしない
ましてや遺棄されるなど…
閉ざされた空を畏怖して
止まったまま駆け抜けて行く

巡礼者たちがいるばかりで
彼らの耳を通り抜けるのは
いや
脊髄へと滑って行くのは
速度の果てで揺蕩《たゆた》ふ風
消尽線の向こうに浮かぶ風景の塊《マッス》

終わりに当たって

私は書いた。書かせられた。つまり言葉と文字が私を使い運んだのである。その際、私は言葉と文字に拘束されたままである。新しい言葉を創出できない以上、その拘束から決して逃れられない。とすれば、私は言葉と書記言語の中において自由ではないのだ。もちろん「言語における自由」などという発想自体は無意味である。誰もが被拘束状態の中で書き、述べるしかないのだから。

皮肉にも言語拘束の状態は、書けば書くほど、言葉を追えば追うほど大きく深くなり、そこで外化される論理や意味は言葉の発出点からどんどん逸れてゆく。言い換えれば、言葉の発出者は発出後の過程においてどこにも到達し得ないのだ。何ものも達成できないのだ。

にも係わらず何故書き続けるのか。それは到達し得ず達成できないものの彼方に、いや、それら不能の根源にわずかばかりに世界の影が擦過するのを垣間見ることができるからである。

すなわち、世界は言葉の中にはない。その外にあるということだ。

最後にこの本を上梓するに当たって、妻文恵、娘の暁子、数十年来の畏友児嶋勇次の協力なしには不可能であった。ここにささやかではあるけれど謝意を表しておきたい。

またこの本の出版に当たり惜しみなく協力して頂いた櫂歌書房の東氏への謝意もここに記していきたい。

〜平成二十七年　秋のとば口に〜

虚の声

二〇一六年一月一日　初版第一刷

著　者　江口　慶一郎

発行者　東　保　司

発行所　有限会社　櫂歌《とうか》書房

〒八一一－一三六五　福岡市南区皿山四丁目一四－二
TEL　092-511-8111
FAX　092-511-6641
e-mail: e@touka.com
http://www.touka.com

発売所　株式会社　星雲社